Das Buch
»Für Zärtlichkeit / braucht man keinen Grund / und schon gar nicht den Grund / Liebe.«
Je problematischer die Beziehungen zwischen Mann und Frau werden, desto mehr scheint sich das Thema Liebe dem lyrischen Ausdruck zu entziehen. Pathos, Ergriffenheit und romantische Verklärung passen immer weniger zur Wirklichkeit der eigenen Erfahrungen.
Jörn Pfennigs Gedichte beschreiben wohltuend sachlich, oft auch provozierend direkt die schönen, aber auch die weniger schönen Seiten der Liebe, das Aneinander-vorbei-Leben und -Lieben, das Nichtverstehen, das Nicht-zueinander-Finden, den Verlust. Sie sind tiefgründig in ihrer Lebensnähe — und sie machen Mut. In ihnen wird Liebe möglich, ja greifbar als etwas, das man immer haben kann, wenn man nur will — indem man Liebe *gibt*.

Der Autor
Jörn Pfennig, Jahrgang 1944, Jugend in Tübingen, seit 1964 in München. Studium der Theaterwissenschaft. Texte und Kompositionen, öffentliche Auftritte und Schallplattenproduktionen. Autor und Moderator bei verschiedenen Rundfunk- und Fernsehanstalten. Seit 1979 mehrere Buchveröffentlichungen, Lyrik und Prosa. Lebt als freier Schriftsteller und Jazzmusiker in München und Burghausen.

JÖRN PFENNIG

GRUNDLOS ZÄRTLICH

Gedichte

WILHELM HEYNE VERLAG
MÜNCHEN

HEYNE ALLGEMEINE REIHE
Nr. 01/8810

Copyright © 1993
by Autor und Wilhelm Heyne Verlag GmbH & Co. KG, München
Printed in Germany 1993
Umschlagillustration: Uki Bellmann, München
Umschlaggestaltung: Atelier Ingrid Schütz, München
Gesamtherstellung: Elsnerdruck, Berlin

ISBN 3-453-06636-7

Jörn Pfennig © Andrea Seifert

Für alle, die es nicht aufgegeben haben,
sich irgendwann selbst zu entdecken.

1

Liebe ist, wenn ein Mann . . .
Liebe ist, wenn eine . . .
Liebe ist, wenn . . .
Liebe ist!

Gebrannte Kinder

Es gibt Kinder
die ein gebrannter Finger
davon abhält
je wieder
mit dem Feuer zu spielen

und

es gibt Kinder
die merken
daß eine gebrannte Hand
schnell wieder heilt

und

es gibt Kinder
die wissen
daß man
mit einem gebrannten Arm
mehr spürt

und

es gibt Kinder
die haben begriffen
daß ein gebranntes Herz
immer warm bleibt.

Leicht gesagt

Wenn man begriffen hat
daß Lieben wichtiger ist
als Geliebtwerden
ergibt sich das Geliebtwerden
ganz von selbst!

Kinderei

Wenn du mich liebst, lieb ich dich auch.
Wenn du mich nicht mehr liebst
lieb ich dich auch nicht mehr.
Wenn du mich mehr liebst
als ich dich
dann sag ich: Ätsch!
Wenn ich dich ganz besonders liebhab
dann sag ich nichts.
Ätsch!

Vorsichtshalber

O nein,
er/sie hätte nichts dagegen
hin und wieder ›fremdzugehn‹.
Die Beziehung ist intakt
und ein solches Bedürfnis
ganz natürlich
– bisweilen.
Der Gedanke allerdings
sie/er würde das gleiche tun
ist unerträglich.
Deshalb läßt er/sie es
– vorsichtshalber.

Überzeugung

Sie sind treu
aus Überzeugung.
Wenn er/sie allerdings
dahinterkäme
daß sie/er zuerst
untreu würde
dann gäbe es kein Halten
dann würde er/sie auch . . .
und zwar
mit gutem Gewissen!

Das mit der Eifersucht

Eifersucht hat nichts zu tun
mit der Liebe
die man für den andern empfindet
Eifersucht hat zu tun
mit der Liebe
die man für sich selbst nicht hat.

Das zweite mit der Eifersucht

Er war eifersüchtig
also war sie sicher.
Irgendwann
war sie nicht mehr ganz sicher
ob er noch eifersüchtig sei
da wurde sie unsicher.
Seine Eifersucht ließ nach
er wurde sicher
und
sie war eifersüchtig.

Vertrauen

Es ist schön
sagst du
Vertrauen zu haben –
dann hab es doch!
Was ist die Enttäuschung
– von der du nicht weißt
ob sie passiert –
gegen das Gefühl
Vertrauen zu haben?

Strategie

Er tut so, als würde sie ihn nicht interessieren.
Sie tut so, als würde sie nicht merken, daß er nur so tut.
Ihr Desinteresse interessiert ihn
deshalb tut er so, als wüßte er genau, daß sie nur so tut.
Sein Interesse interessiert sie
deshalb tut sie so, als täte sie nur so, wie sie tut . . .
O heiliger Sankt Josef, wann tut sich denn endlich was?!

Grundlos zärtlich

Wenn ich dir sage, ich hab dich lieb
wehre dich bitte nicht
zugegeben: wir kennen uns kaum
aber wir haben nicht viel Zeit.
Wenn ich glaube, dich liebzuhaben
dann brauche ich keinen Beweis
daß es wirklich so ist –
was zählt, ist die Möglichkeit.
Du wirst kaum die Gelegenheit haben
die Tiefe meines Gefühls zu überprüfen.
Wenn ich dir sage, ich hab dich lieb
dann laß mich ruhig lügen
wenn es dich freut, nimm es an
und laß mich zärtlich sein.
Für Zärtlichkeit
braucht man keinen Grund
und schon gar nicht den Grund
Liebe.

Gedankenfreiheit?

Er war zutiefst erschrocken
als er merkte
daß ihn auch andere Frauen reizten –
daß er sich manchmal
geradewegs
in ihren Schoß hineindachte.
Sie war entsetzt
als sie merkte
daß sie, als sie mit ihm schlief
in Gedanken
in den Armen eines anderen –
nicht schöneren, nicht stärkeren –
nur anderen Mannes lag.
Mein Gott, sie liebten sich doch
hatten alles –
und hatten Angst.
Es gibt eben
eine Art von Liebe
da sind
die Gedanken nicht frei.

Fall

Es soll vorkommen
daß man sich
obwohl man einen Menschen liebt
in einen anderen *ver*liebt.
Entweder:
der *ge*liebte Mensch
braucht nichts zu merken
weil der *Ver*liebte sicher ist
daß er liebt.
Oder:
der *ge*liebte Mensch
merkt es
weiß aber
daß er von dem *Ver*liebten
*ge*liebt wird
das heißt
er hilft ihm
indem er ruhig
auf das Abklingen wartet.
Oder:
der *ge*liebte Mensch
merkt es
und fürchtet
nicht mehr geliebt zu sein.
Er versucht, dem *Ver*liebten
seine Verliebtheit
auszutreiben
und treibt ihm
seine Liebe aus.

›Nur‹ ein Abenteuer

Ich bitte Sie, meine Liebe
meinen Sie es nicht
so verzweifelt abfällig
wenn Sie sagen
ich suche ja nur ein Abenteuer.
Sie haben nämlich recht:
ich suche ein Abenteuer
aber was heißt ›nur‹?
Das Abenteuer sind *Sie*
Ihre Seele, Ihr Körper, Ihre Wahrheit
Ihre Wirklichkeit.
Was Sie mir im Gespräch nicht sagen
hoffe ich zu entdecken
wenn wir uns heute lieben.
Diese Hoffnung
macht es zum Abenteuer –
dem schönsten
das es gibt.
Immer wieder . . .

›Love story‹

›Love story‹
hieß dieses TV-Ding
wo ich glaubte
meinen Ohren
nicht trauen zu dürfen:
›Liebe heißt
niemals um Verzeihung
bitten zu müssen‹
sagte da die eine Hälfte
eines Paares
dessen Liebe der ganzen Welt
den Atem nehmen sollte.
Erst als die andere Hälfte
des Paares
am Schluß wiederholte:
›Liebe heißt
niemals um Verzeihung
bitten zu müssen‹
wußte ich
es war so gemeint.
Ich werde wohl
überdenken müssen
was ich bisher glaubte:
Liebe heißt
niemals um Verzeihung
gebeten sein zu wollen.

Anhang I

Es ist menschlich
das Bedürfnis zu haben
zu verzeihen.
Es ist das Bedürfnis
zu zeigen
daß man menschlich ist.

Anhang II

Es ist unnötig
zu verzeihen
wenn man
versteht.

Eine Liebe lang

Sie will ihn immer lieben
er will sie immer lieben
sie wollen sich lieben
ein ganzes Leben lang
schon immer sich suchend
für immer gefunden
das Zauberwort ewig
das Zauberwort treu
dieser unwiderstehliche Drang
nach dem immerwährenden
Glück einer Liebe
dem Traumtanz am Abgrund entlang.

Sie will ihn immer lieben
er will sie immer lieben
sie wollen sich lieben
über die Grenzen der Zeit
verdorben durch Träume
Erlebtes, Versäumtes
verdorben durch Märchen
Enttäuschung und Sehnsucht
nach jener Unendlichkeit
endlich grenzenlos
unendlich begrenzt
vom Freisein glücklich befreit.

Sie will ihn immer lieben
er will sie immer lieben
sie wollen sich lieben
ein ganzes Leben lang
sie wird ihn lieben
er wird sie lieben
eine ganze Liebe lang . . .

Metamorphose

Neue Zweisamkeit
schöne Zweisamkeit
vertraute Zweisamkeit
fade Zweisamkeit
tote Zweisamkeit
Einsamkeit zu zweit.

Vertrautheit

Sie sagt ihm was
was ihm nichts sagt
er gibt ihr die Antwort
die sie schon kennt
und während sie ihm
das erklären will
liegt er schon da und pennt.

Er sagt ihr was
zum x-ten Mal
doch sie hat's
nie akzeptiert
schon gar nicht von ihm
denn vielleicht hat er recht
das macht sie so frustriert.

Sie sagt ihm was
was er schon weiß
er krampft sich zusammen
und hat Angst, er wirkt stur
er sagt ihr was Neues
was nie Gesagtes
doch gelangweilt lächelt sie nur.

Er sagt ihr was
was ihm selber mißfällt
sie faßt sich an den Kopf
und sagt, er sei dumm
er ist in seiner Ehre
zutiefst verletzt
und bleibt aus Rache stumm.

Sie sagt ihm was
was ihn tief berührt
doch will er ihr das
nicht zu erkennen geben
in dem Punkt hat
sie wirklich recht
doch schafft er's nicht zuzugeben.

Er sagt ihr was
was ihn bedrückt
sagt tapfer, daß ihn
ihre Kälte quält
sie schaut ihn an
und fragt triumphierend:
was meinst du, was mir alles fehlt?

Sie sagt ihm was
er sagt ihr was
sie sagen sich nichts
was der andre nicht kennt
das mag wohl sein
was man allgemein
so schön ›Vertrautheit‹ nennt.

2

Was du an Liebe brauchst
kann ich allein nicht geben.
Was ich an Liebe geben kann
ist für dich allein zuviel.

So wie es war

Wir trafen aufeinander
unvorbereitet
waren wir mutig oder war es
Selbstverständlichkeit?
Wir sollten nicht fragen
warum es war
wir wissen nur, *wie* es war
und du weißt es anders als ich.
Ich will deine Gedanken nicht erraten –
vielleicht aus Furcht...
Für mich kann ich nur sagen:
ich glaube, es war selbstverständlich
daß wir uns trafen –
so wie es war.

Suchen

Wir haben uns gefunden
als wir uns nicht suchten.
Hätten wir uns gesucht
wäre es gut gewesen
uns nicht zu finden
denn auf keinen Fall
hätten wir einander weh tun wollen.

Ich bitt dich, laß es dir nicht nehmen

Ich bitt dich, laß es dir nicht nehmen
was in jener Nacht geschah
nicht durch Zweifel
an meiner Ehrlichkeit
nicht durch Zweifel an dir selbst.
Ich bitt dich, laß es dir nicht nehmen
was war, ist absolut
es gibt so schlimme Wirklichkeiten –
unsere war gut.
Frag nicht, ob es richtig war
wie du dich verhalten hast
du hast dich nicht verhalten
du warst du – und glücklich
das hast du mir nicht nur gesagt –
und es gab keinen Grund zu lügen.
Ich bitt dich, laß es dir nicht nehmen
was da war, das waren wir
und der Mond, der Fluß, der Wind
das Gras, unsere Haut –
alles einfache Dinge
und die Fremdheit
die uns einander näherbrachte.

Dein Versteck

Wir haben uns viel zu selten gesehn
und wenn, dann waren wir fast nie allein
ich fragte mich immer, was könnte es sein
was deine Augen so traurig macht
allein waren wir nur für eine Nacht
und da wollt ich dich das nicht fragen.

Ich habe es dir ein paarmal gesagt
daß ich dich wirklich liebe
du hast gelächelt mit deinen traurigen Augen
so als würdest du es mir nicht glauben
und wenn ich auch verstand, daß du nichts sagen
  willst
so hätt ich doch gerne gefühlt, was du fühlst.

So trag ich dein Bild mit mir herum
und die Erinnerung an diese Nacht
und weiß nicht, was dich so ungreifbar macht:
Du hältst dich in dir selbst versteckt
in einer Ecke, wo dich kein andrer entdeckt
ich hoffe, es wird dir selbst einmal gelingen.

Ich möchte dir nicht helfen ...

Ich möchte dir nicht helfen
wenn du meine Liebe willst
heute nacht
du mußt es ja nicht sagen –
ich weiß, das ist sehr schwer –
nur deutlich machen
so deutlich
daß du später noch weißt
daß du deutlich warst.
Dein Abenteuer soll es sein
nicht meins.
Erst dann wird es unsers.

›Gesprächstherapie‹

Als ich dich plötzlich
weniger liebte –
ich weiß nicht warum –
da durfte ich es dir sagen
du hast mich verstanden
und meine Liebe wurde größer.

Verspätete Wahrheit

Manchmal lügt man
ohne die Wahrheit zu kennen.
Als du damals gingst
lachte ich fröhlich
und sagte bedeutende Worte
über die Liebe und das Leben ...
Die Wahrheit kam später:
jetzt weiß ich
daß ich traurig war.

Verpaßt

Zwei Vögel flogen aneinander vorbei
kurz streifte sich ihr Gefieder
der eine flog nach Norden, der andre nach Süden –
im Herbst blüht nirgendwo Flieder
in der Wüste sind die Tränen zu teuer
und im Vakuum weht kein Wind
irgendwie war das Wasser zu tief
– ich armes Königskind!

Sag mir nicht ...

Sag mir nicht
daß ich dich nicht mehr liebe
weil ich zur Zeit
nicht so aufmerksam bin
oder weil vielleicht
meine Zärtlichkeiten
anders als zu andern Zeiten
heute etwas seltner sind.

Sag mir nicht
daß ich dich nicht mehr liebe
weil ich dir
seltener Blumen bring
oder weil ich vielleicht
an manchen Tagen
die für mich persönlich Trauer tragen
oftmals etwas schweigsam bin.

Sag mir nicht
daß ich dich nicht mehr liebe
weil ich dir sage
ich will heut allein sein
oder weil ich vielleicht
zum Frühstück nicht aufsteh
und abends mehr fernseh
und manchmal abwesend wirke.

Ich sag dir
ich freu mich, mit dir allein
demnächst zehn Tage
zusammen zu sein
weißt du, was das heißt?
Ich kann mich drauf freun
mit dir allein zu sein –
sag mir nicht, daß ich dich nicht mehr liebe.

Dank und Bitte

Ich habe das
wunderschöne Gefühl
dir alles sagen zu *können*
erspare mir bitte
das Gefühl
dir alles sagen zu *müssen*.

Gelegenheit

Als ich glaubte
dich zu brauchen
warst du nicht da für mich.
Du hattest keine Absicht –
du warst nur frei.
Es hat mir weh getan
und das ist gut so –
Gelegenheit, zu überprüfen
wie es steht
mit meiner Freiheitsliebe.

Der Kuß

Der Kuß, den ich dir nicht gab
hat mir das nicht vergeben
er gibt einfach nicht auf
erschwert mir nach Kräften das Leben
er kitzelt meine Lippen
drückt zwischen den Rippen
er macht Lärm in der Seele
verstopft mir die Kehle
er flitzt durchs Gehirn
und bohrt in der Stirn –
ich halt's nicht mehr lange aus:
das freche Kerlchen muß raus!

Astern

Ich würde dir gerne Astern schenken
als Symbol deiner Herbstlichkeit
der Kühle, der Schönheit, der möglichen Wärme
der Härte und Zärtlichkeit.

Ich werd dir die Astern nicht schenken
weil mir der Gedanke das Herze bricht
daß du ihnen alle Blätter ausreißt
beim ›Soll ich oder soll ich nicht . . .?‹

Alte Liebe

Heute nacht kam zu mir
der ich älter geworden bin und so gereift
meine alte Liebe zu dir
hatte all die Jahre abgestreift
ich sprach deinen Namen
ließ ihn auf der Seele zergehn
war mittendrin im Damals
konnte alles noch mal vor mir sehn.

Ich fragte die Vergangenheit
wie du damals warst und wie ich
ließ Erinnerungen vorbeiziehn
Erinnerungen an dich –
an dein Gesicht, an deine Augen
wenn sie traurig warn oder froh
an die Zärtlichkeit deiner Hände
an deinen Körper – einfach so . . .

Wie trieb es uns damals herum
hilflos verlorn zwischen Kummer und Glück
zum Begreifen viel zu jung
zum Genießen viel zu verrückt
was haben wir uns in der Zeit
immer wieder gequält
wir hatten eigentlich alles
nur das bißchen Reife hat uns gefehlt.

Irgendwann gingst du von mir
wortlos und ohne dich umzudrehn
nur meine Traurigkeit folgte dir
ich selber blieb stehn
der Stolz ist wie ein Kind
das einfach nicht schlafen will
das ganz besonders gern laut ist
wenn man ihm sagt sei still.

3

**Eines Tages zog es sie plötzlich
unwiderstehlich in die Freiheit
irgendwohin, vielleicht ans Meer.
Sie packte die Dinge
die man auch in der Freiheit braucht
und ging mit hastigen Schritten
aus dem Haus –
als sie die Straßenbahn verpaßte
kehrte sie um . . .**

Sehnsucht

Sie sehnte sich nach so viel Luft
daß sie ihr den Atem nimmt
sie sehnte sich nach einem Clown
der sie zum Lächeln bringt
sie sehnte sich nach klaren Blicken
und nach Freundlichkeit
sie sehnte sich nach seiner Nähe
und seiner Zärtlichkeit.

Sie sehnte sich nach grünen Tälern
und nach schwarzen Rosen
sie sehnte sich nach Frühlingsregen
und nach Herbstzeitlosen
sie sehnte sich nach bunten Flügeln
und nach Leichtigkeit
sie sehnte sich nach seiner Nähe
und seiner Zärtlichkeit.

Sie sehnte sich nach Kinderlachen
und nach weichen Wiesen
sie sehnte sich nach Trauerweiden
und nach Liebesbriefen
sie sehnte sich nach Blütenmeeren
und nach Heiterkeit
sie sehnte sich nach seiner Nähe
und seiner Zärtlichkeit.

Sie sehnte sich nach seiner Wärme
seinen Worten, seiner Hand
sie sehnte sich, umarmt zu sein
ein ganzes Leben lang
sie sehnte sich so sehr danach
daß er ihr Liebe gibt
daß sie vergaß, woher die Sehnsucht kam
sie vergaß, daß sie ihn liebt . . .

Theorie und Praxis

Sie sagte
der Film habe ihr sehr gut gefallen
hervorragend
wie die Psyche dieser Frau
so sorgfältig
analysiert worden sei:
sie habe so deutlich
Liebe gewollt
es aber nicht geschafft
Liebe anzunehmen
nicht einmal
die schüchterne Zärtlichkeit
dieses Mannes –
wirklich ganz ausgezeichnet
beobachtet . . .
Der, mit dem sie sprach
legte seine Hand auf ihre
da zog sie sie zurück . . .

›Erlebnis‹

Sie liebte ihn – gewiß
doch er war nicht immer da
wenn sie Zärtlichkeit brauchte
und dann war da
ein anderer . . .
Nicht das Erlebnis
beeinträchtigte ihre Liebe
– es war das schlechte Gewissen.

Erste ›Liebe‹

Sie war erst vierzehn, doch sie wußte, was sein muß
da hatte sie das Erlebnis
es brachte für sie, die sie wollte und nicht
ein zweifelhaftes Ergebnis.

Sie traf einen Jungen, der nett zu ihr war
und sie mit nach Hause nahm
da saß sie sehr schüchtern, ahnte, was käme
und wußte doch nicht, was kam.

Er redete ein Weilchen mit ihr, und sie fühlte
sich endlich richtig geliebt
dann nahm er sie, zog sie aus und sagte:
geübt wird nur, wer übt.

Sie lachte verzweifelt und wehrte sich nicht
sie wollte erwachsen sein
da schob er sich selbst und sein Unverständnis
in ihren Körper hinein.

Sie erlebte das Neue, doch nicht das Erhoffte
sie fragte sich zweifelnd: was
verstehen die andern, die so davon reden
denn eigentlich unter Spaß?

Spaß hat sie jedenfalls keinen empfunden –
als es vorbei war, war sie eher froh
und wenn sie heute mit einem pennt
dann geht's ihr noch immer so.

Der Irrtum

Ich wollte, daß sie glücklich wird
daß das Hoffen ihr wieder leichter fällt
ich wollte, daß für sie die Zärtlichkeit
endlich einmal selbstverständlich wird
ich wollte mit ihr durch die Felder streifen
auf die sich unsre Phantasie ergießt
und wollte mit ihr ernten, endlos ernten
was auf unsrer Zweisamkeit wächst.

Ich wollte, daß sie glücklich wird
daß der scheue Zug um ihren Mund vergeht
ich wollte, daß sie ihre Schönheit erkennt
die mir von Anfang an den Atem nahm
ich wollte, daß sie sich selber liebt
damit sie meine Liebe versteht
und wollte, daß die Angst verfliegt
die ihr das Lächeln so erschwert.

Ich wollte, daß sie glücklich wird
daß sie alles, was sie traurig macht, vergißt
ich wollte, daß sie die Furcht verliert
vor Menschen, die menschlich zu ihr sind
ich wollte, daß sie endlich mit ihrem Gefühl
das Zögern der Gedanken besiegt
und wollte, daß sie sieht, daß ich nicht
der Einzige bin, der sie liebt.

Irgendwann wollte auch sie
daß sie glücklich wird
sagte, sie müßte weg von mir
bevor sie sich in mir verliert
nahm einfach das Glücklichwerden
selber in die Hand
schrieb mir irgendwann irgendwoher
daß sie zu sich selber fand.

Voraussetzung

Ich kann doch
sagt sie
nicht einfach
mit dir
ins Bett gehen.
Dazu
braucht man
doch Liebe.
Hat sie vergessen
daß Zärtlichkeit
Lust und Nähe
Werte sind
auch ohne Liebe . . .
oder hat sie's
nie gelernt?

Gründe

Sie hatten sich gern.
Als er ihr sagte
daß er mit ihr schlafen möchte
sagte sie nein –
und hatte viele Gründe.
Zu Hause allein
dachte sie an ihn
faßte sich an
und hatte keine Angst . . .

Wenn sie liebt, diese Frau ...

Wenn sie liebt, diese Frau, dann liebt sie
mit jener Ausschließlichkeit
die manchmal ein paar Tage dauert –
für sie schon eine kleine Ewigkeit

doch ein Mann, der geliebt wird, hat ein Recht
    darauf
der Einzige zu sein, und sie gibt
ihm diesen Eindruck wie den andern
die sie außer diesem Einzigen liebt

und sie schafft das, ohne jemals zu sagen:
ich liebe nur dich allein!
Wer sich und seinen Körper liebt
sperrt sich und ihn nicht ein!

Sie erinnert an jene alten Damen
auf dem Platz vor dem Rathaus, die sich freun
wenn Tausende von Tauben sie umschwärmen
bloß weil sie ein paar trockene Krümel streun.

Sie verstreut eine Handvoll Lächeln
und schon kommen sie alle her
gierig und stumm wie die Tauben –
die Männer – und wollen mehr.

Und da gibt es dann Leute, die sagen
sie habe schon der halben Stadt gehört
und sie meinen das nicht gut, die Leute
doch das hat sie noch nie gestört

denn sie weiß, warum sie das sagen:
die Frauen sagens aus Neid
und die Männer, die sie nicht mochte
sagens aus Eitelkeit.

Sie kennt ihre Wirkung
und sie weiß auch den Grund:
sie liebt sich und die Freiheit
liebt die Liebe – na und?!

Was den Männern recht ist
ist ihr schon lange billig
der Unterschied ist nur:
sie braucht nicht Gewalt
denn die Männer sind immer willig.

4

Mich als Mann
in die Lage einer Frau
zu versetzen
ist ein sinnloses Bemühen
das ich nie aufgeben werde.

Laß mich weg

Mein Leben kommt mir vor wie ein Papier
das restlos vollgeschrieben ist von dir
du hast jeden Punkt gesetzt
du legst jeden Abschnitt fest –
laß mich weg!

Liebe ist für dich nur Strategie
mein Leib ist für dich nur Kolonie
du hast die Grenzen ausradiert
du hast mich einfach annektiert –
laß mich weg!

Weil ich jung war, gab ich alles damals gern in deine
 Hand
meinen Körper, meine Seele, mein Gefühl, meinen
 Verstand
ich verließ mich damals selbst und kam freiwillig zu
 dir –
laß mich wieder weg
laß mich zurück zu mir!

Ich machte mich so gerne breit
im warmen Nest der Unselbständigkeit
du warst mein Führer und mein Held
du warst der Mittelpunkt der Welt –
laß mich weg!

Rätsel

Was ist es, was uns Frauen das Leben verschönt
was ist es, was uns ständig liebkost und verwöhnt
was trägt uns auf Händen
umstreicht unsre Lenden
was ist es, was unser Dasein erfüllt
was sagt uns, was recht ist
was sagt uns, was schlecht ist
was ist es, was unsere Wunden kühlt?
Ratet nur mit
ich mach's euch nicht schwer
ich erzähle euch noch
so einiges mehr:
Wir freuen uns, weil es so taktvoll ist
und nur meckert, dann aber trotzdem frißt
was wir ihm vor die Nase setzen
es will uns niemals ernstlich verletzen
auch wenn es sagt: »Deine Brust ist zu klein
sie könnte weiß Gott etwas schwerer sein.«
Beim Frühstück versteckt es sein Gesicht
aus Anstand hinterm Wirtschaftsbericht
abends schleicht es sich dezent davon
begnügt sich ohne Murren mit der Television
während wir unsrer schönen Arbeit nachgehn
in der Küche und bei den Kindern nach dem Rechten
   sehn.

Was ist es, was dem Herrgott sein Ebenbild ist
was ist es, was Vergnügen nach Zentimetern mißt
was bleibt gerne kühl
beherrscht sein Gefühl
was ist es, was uns gerne betatscht
auch wenn wir nicht wollen
was hält sich für einen tollen
Geist, auch wenn es Unsinn quatscht?
Ratet nur mit
ich mach's euch nicht schwer
ich erzähle euch noch
so einiges mehr:
Es wälzt sich auf unseren Leib des Nachts
es sagt uns: »Wenn du nicht spurst, dann kracht's«
es läßt uns gnädig an seinem Geld teilhaben
es wünscht sich von uns einen kräftigen Knaben
es trägt seine Unterhosen mit spitzen Fingern
zum Waschbecken, und wir solln dann diesen
   Dingern
mit vollen Händen die Sauberkeit bringen
und dabei noch fröhlich ein Liedlein singen
es läßt sich auf keinen Widerspruch ein
will immer nur bestätigt sein
in dem, was es sagt, was es tut, was es denkt –
ich will es nicht haben, nicht mal geschenkt!

Wenn du lächelst

Wenn du lächelst, lächle bitte nicht so laut –
mein Gott, ich nehm dein Lächeln nicht mehr ernst
komm mir bitte nicht mehr gar so nah –
ich weiß, wie sehr du dich dabei von mir entfernst.
Dein Gesicht
das war'n einst Hieroglyphen
mit Höhen und mit Tiefen –
und was jetzt?
Heute kann
ich alles darin lesen
ich kenne dich so gut
daß ich's kaum ertragen kann.

Uns ist die Liebe weggelaufen wie ein Kind
das sich einsam fühlt und ungeliebt
um zu sehen, ob wir wirklich traurig sind
wenn es sie auf einmal nicht mehr gibt.
Und auch du –
sei doch ehrlich – auch du
bist nicht traurig, gib es zu
viel zu lang
haben wir
den Trauerfall geübt:
wir haben unsre Liebe
schon lang nicht mehr geliebt!

Das Streichholz

Mein Lieber, wenn wir auseinanderbrechen
dann will ich überleben
dann werd ich mich trotz meiner Schwächen
über mich selbst erheben
ich werd außer dir
gar nichts verlieren
nicht die Hoffnung und nicht den Verstand
ich werde mich wehren
mit allen vieren –
du drückst mich nicht an die Wand!

Das Gefühl ist eine seltsame Waffe
sie ist niemals entspannt
sie ist immer auf einen selbst gerichtet
und man hat sie nicht in der Hand
doch du wirst mich
nicht verletzen
ich hab keine Lust zu leiden
auch du, mein Lieber
bist zu ersetzen
wir befrein uns von uns beiden.

Mein Lieber, wenn wir auseinanderbrechen
– gestatte mir diesen Vergleich –
wie ein ungebrauchtes Streichholz
dann sag ich dir eines gleich:
ich werde nicht
die Hälfte sein
die jeden Wert verliert
nein, ich werde
die Hälfte sein
die immer noch funktioniert!

Laß dich gehn

Wenn es dir mal dreckig geht
und dich keiner mehr versteht
dann laß dich gehn
wenns Wasser in den Augen steht
wein dich aus, so gut es geht
und laß dich gehn:
sei ein Mann
lehn dich an – bei mir!

Wenn der Kummer dich erdrückt
und deine Seele spielt verrückt
dann laß dich gehn
sei nicht tapfer oder stolz
sag dir lieber: Mensch, was soll's
und laß dich gehn:
sei ein Mann
lehn dich an – bei mir!

Sei kein Held und sei kein Superman
sei ein guter Egoist
sei mal stark, mal schwach, mal weder noch
sei ganz einfach wie du bist –
hör auf zu mimen
reiß dich am Riemen
und laß dich endlich gehn!

Hat dich die Liebe so verletzt?

So kalt, wie du scheinst
kannst du nicht sein
so hart, wie du sprichst
und so gemein
so hoffnungslos
wenn du dich
jedem Gefühl widersetzt –
hat dich die Liebe
denn so verletzt?

Liebe, sagst du
ist nur Selbstbetrug
von Liebe, sagst du
hast du längst genug
ein Teil
deiner Seele, sagst du
hat irgendwann ausgesetzt –
hat dich die Liebe
denn so verletzt?

Ich hab in deinen
Augen was gesehn
ich weiß, du wirst es
mir nicht eingestehn
ein Sehnen
nach Wärme
und nach Zärtlichkeit –
ich verlaß mich darauf
und auf die Zeit!

Laß mich allein

Auch wenn du's nicht verstehst
ich will, daß du jetzt gehst
ich möcht so gern alleine sein
ich will mal wieder wissen, wie es ist
wenn du nicht bei mir bist
ich glaub, ich hab es längst vergessen.

Denk nicht weiter nach
warum ich dir das sag
es gibt keinen Grund, daß du dich quälst
schau mich nicht so an
ich will nur dann und wann
mal wieder spüren, daß du mir fehlst.

Die Liebe braucht hin und wieder
eine Brise frische Luft –
ich hab sie viel zu gern
um sie einzusperrn
ich will nicht
daß sie
an sich selbst erstickt.

Also laß mich jetzt allein
du mußt nicht traurig sein
genieß die Sehnsucht, wenn du fort bist
bei aller Glücklichkeit
braucht auch die Liebe einmal Zeit
um sich richtig auszuruhn.

Kein Stück von dir

Wie lange soll das noch so gehn
wann wirst du endlich mal verstehn:
ich gehöre nicht zu dir wie der Schaum zum Bier
ich gehöre nicht zu dir wie die Tasten zum Klavier –
zuallererst gehör ich mir!

Hör zu, mein Lieber, glaube mir:
ich bin nicht nur ein Stück von dir!
Ich gehöre nicht zu dir wie der Ast zum Baum
ich gehöre nicht zu dir wie die Maske zum Clown –
zuallererst gehör ich mir!

Noch sind wir zu zweit
noch ist etwas Zeit
paß auf mein Freund!
Die Liebe ist zerbrechlich
und nicht bestechlich
paß auf mein Freund!

Nur wenn man sich auch selber liebt
hat die Liebe einen Sinn –
und wie soll ich mich selber lieben
wenn ich nur ein Stück von dir bin?

Komm wieder her

Ich sah wieder Schwalben ziehn
hastig vor der Kälte fliehn
die Astern blühten zweimal schon
auch der Flieder und der Mohn –
komm wieder her
ich lieb dich sehr!

Ich habs Hoffen nicht verlernt
hab mich nicht von dir entfernt
du bist gegangen ohne Zorn
du hattest nur den Mut verlor'n –
komm wieder her
ich lieb dich sehr!

Irgendwann wirst du wieder da sein
dann stehst du einfach in der Tür
du wirst mein Gesicht in deine Hände nehmen
und wenn wir uns ansehn, werden wir
sprachlos sein.

Ich hab Menschen weinen sehn
sonst ist nicht sehr viel geschehn:
viel erwartet, viel versprochen
ein paar Ehen sind zerbrochen –
komm wieder her
ich lieb dich sehr!

Ohne dich ...

Ohne dich ist mein Bett so endlos leer
ohne dich find ich meinen Platz nicht mehr –
mir fehln die Grenzen deiner Haut
mir war die Wärme so vertraut
neben dir.

Ohne dich ist die Nacht so zentnerschwer
ohne dich lauf ich hinter Träumen her –
du bist der Schatten an der Wand
du bist das Zittern meiner Hand
neben mir.

Wer atmet deinen Atem heute nacht
wer ist's, den deine Zärtlichkeit traurig macht
aus Angst, sie könnte morgen zu Ende sein –
wer sperrt sich heute nacht in deine Liebe ein –
wer fühlt sich
dann ohne dich
genauso wie ich
völlig verlassen
versucht dich zu hassen
was doch so sinnlos ist
weil du kein Mensch zum Hassen bist!

5

**Männer
wir haben die Chance
durch
den Kampf der Geschlechter
zu gewinnen!**

Pamphlet

Manchmal hasse ich euch
Geschlechtsgenossen
wenn ich sehe
welch tiefe Kerben
ihr gehauen habt
in die Seelen der Mädchen
die keine Erziehung schützt.
Was für ein Kampf ist es oft
zu beweisen
daß man nicht nur Mann ist
sondern auch Mensch!

Kein Wunder ...

Kein Wunder
daß es so vielen Frauen
leichtfällt
dem Werben der Männer
zu widerstehn –
Blumen lieben
sanften Regen
nicht
Wasser aus
gebrochenen Dämmen!

Das Bild

Da stand dieses Mädchen
und warf Steine in den See
sah den Ringen zu im Wasser
war allein, verspielt und schön
ihre Haare schlugen Wellen
wie ihr langes sanftes Kleid
sie schien außerhalb sich selber
sie schien außerhalb der Zeit
und die Sonne reagierte
auf das Bild, das sich ihr bot
tauchte Mädchen, Haar und Wellen
in ein dunkles Abendrot ...

Da kam dieser Mann daher –
vermeintlich schön und selbstbewußt –
was zu tun war in dem Falle
hat er natürlich gleich gewußt:
so ein Mädchen, ganz alleine
und dazu noch gut gebaut
die will doch nicht alleine sein
die hofft doch, daß sich einer traut
so ein Mädchen, ganz alleine
da kennt er sich aus damit:
die kann doch nur drauf warten
daß er in ihr Leben tritt ...

Und so trat er in ihr Leben
sagte ihr charmant ein Wort
doch das Mädchen – ohne Zögern –
ging ganz einfach schweigend fort ...
Da hatte nun der Mann dieses schöne Bild zerstört
doch er stand da mit zerbrochenem Stolz
und war zutiefst empört.

In Klammern: die Frau

Frischgewaschene Worte
siegen wollen
samtige Blicke
Lebensgefühl mit Blick auf die Uhr
(Unvermeidbarkeit
geliebt sein wollen)
und endlich:
nesteln
immer wieder mal streicheln
und jetzt der Büstenhalter
›brennende Kühle der Haut‹
und das restliche Klump
zusammenfallen
sich klammern ... eng
(Worte: sag, daß du mich liebst)
ja, Schatz, ja
oho, was für eine Kraft
(Greifen nach Lust
ins Leere ...)
beherrschen
zeigen, was man ist
Dynamik ohne Bremse
(Wozu das Ganze?
Worte: oh, so schön ...)
kein Halten mehr
abgrundtief ...
schweres Atmen
(Worte: welchen Waschlappen darf ich benützen)?

Worte

Worte warn schon immer seine Stärke
Worte, manchmal ganze Feuerwerke
Worte haben ihn seit jeher fasziniert
Worte sind die Hälfte seines Lebens
Worte suchte er niemals vergebens
Worte sind für ihn der Mantel, wenn es friert.

Er redet und redet
über das, was andre bedrückt
doch zu sagen, was ihn selber quält
das ist ihm noch nie geglückt!

Worte, wohldurchdacht und immer logisch
Worte, sehr gescheit und philosophisch
Worte, vollgestopft mit Inhalt und doch leer
Worte, interessant und durchaus richtig
Worte, scheinbar ach so wahr und wichtig
Worte, unbesiegbar wie ein starkes Heer.

Er redet und redet
über Gott und die Welt und die Fraun
doch einer Frau zu sagen, was er fühlt
würde er sich niemals traun!

Worte, farbig wie ein Regenbogen
Worte, ernstgemeint und doch gelogen
Worte, wo man glaubt, daß er dahintersteht
Worte, nett gesagt und gutgemeint
Worte, wo ein Mädchen etwas länger weint
wenn es vor den Trümmern einer Hoffnung steht.

Er redet und redet
das Reden beherrscht er meisterhaft
doch einfach zu sagen: »Ich hab dich lieb«
das hat er noch nie geschafft!

Moral

Ich war nie anständiger
als in der Zeit
da ich Angst hatte
zu versagen.

Ratschlag

Männer
seid wie Kinder
weil ihr könnt –
sonst werdet ihr
irgendwann
wie Kinder
weil ihr nicht anders könnt!

Da erst

Sie war ganz hübsch
sie sprach nicht viel
sie kam mit ihm
ohne lang zu zögern.
Sie ging, als er nicht wollte
daß sie geht –
da glaubte er sie zu lieben.

Begegnung

Sie spricht mich an mit einem Lächeln
das die Welt aus den Angeln hebt
sagt nur: »Hallo!«
Ich bin verwirrt, meine Gedanken rotieren
ich rede dummes Zeug, um Zeit zu gewinnen.
Woher kenn ich sie nur? – Zum Donnerwetter!
Sie lächelt endlos – und kommt mir so bekannt vor
Mensch, war ich denn damals so besoffen?
Endlich sage ich: »Kannst du mir nicht helfen...?«
Sie sagt: »Wobei?« – Sie will mich leiden sehn!
Recht hat sie! – Wahrscheinlich habe ich ihr damals
lauter schöne Worte gesagt – und jetzt
kann ich mich nicht einmal erinnern, wann und
    wo...
»Ich hab's vergessen...«, sage ich tapfer.
»Was denn?« – O ja, sie rächt sich...
»Ich hab vergessen, wann wir uns...«
Sieh mal an, jetzt lacht sie sogar!
»Wir kennen uns überhaupt nicht«, sagt sie
»ich wollte dir nur sagen, daß ich dich sympathisch
    finde!«
Und mit einem »mach's gut!« verschwindet sie
im Gewühl der Kneipe, läßt mich stehn
– verstört!
Wann wird das üblich?
Haben wir armen Männer eine Chance
uns an so was zu gewöhnen?

Er wollte so sehr ...

Er wollte so sehr
daß sie ihre Hand
auf sein Haar legt und schweigt
er wollte so sehr
daß sie begreift
daß er zu viel fühlt, um mitzureden
er wollte so sehr
daß er den Ausdruck verliert
der sie weiterreden ließ
daß sich sein Glas von alleine leert
damit er nicht abwesend wirkt.

Er wollte so sehr
daß die Zeit sich verfängt
in den Zweigen ihres Gesprächs
damit sie nicht
so schnell verfliegt
und ihm die Hoffnung läßt
er wollte so sehr
daß sich ihr Wollen
deckt mit seiner Phantasie
daß sie merkt, wie sehr sie lieben will –
genauso sehr wie er.

Er wollte so sehr zärtlich sein
und konnte es ihr nicht sagen.

Papa-Kopf Mama-Herz

Weißt du, mein Kind
das ist eben so
sagte ihm ganz früh sein Vater schon:
der Papa ist der Kopf
und die Mama das Herz
der Familie – verstehst du, mein Sohn!

Weißt du, mein Junge
das ist eben so
hat man ihm danach so oft erzählt:
Bube sticht Dame
ein Junge heult nicht
und Männer regier'n diese Welt!

Weißt du, Kumpel
das ist eben so
hat man ihm später dann beigebracht:
Mädchen müssen spuren
was nützt dir eine
die nicht gleich die Beine breitmacht?

Wissen Sie, junger Mann
das ist eben so
hat man ihm noch später öfters erklärt:
wir nehmen lieber Männer
für diesen Job –
Frauen machen zuviel verkehrt!

Dann hat er als Kopf
ein Herz geheiratet
getreu bis in den Tod
beschaffte das Geld
regierte seine Welt
und hielt sie nach Kräften im Lot.

Nach einiger Zeit jedoch
brachte seine Frau
diese dummen Parolen nach Haus
von der Emanzipation
und behauptete: die Männer
beuten die Frauen nur aus!

Anfangs hat er sie
nur ausgelacht
dann ging sie ihm so auf die Nerven
daß er drohte
wenn sie so weitermacht
sie einfach rauszuwerfen!

Als sie daraufhin sagte
sie gehe von selbst
da sah er nur noch rot –
er konnte sie nicht verstehn
und aus Hilflosigkeit
schlug er sie halb tot ...

Jetzt steht er vor Gericht
und weiß nicht, warum
was er gelernt hat, nicht mehr zählt –
noch immer hilflos –
steht er vor den Trümmern
einer zusammengebrochenen Welt.

Lattenschuß

Ihm stand so sehr der Sinn
nach einem prallen Weib
und sie schien eine Frau zu sein
mit gutmütigem Unterleib.

Sie kamen einander näher
sie schürzte die Lippen zum Kuß –
es schwoll ihm nicht nur das Herze
er ahnte finalen Genuß!

Die Phantasie schlug Wogen
sie schien zu warten nur
bis er sie gänzlich nähme –
da schaute sie auf die Uhr.

Sie sagte: ach wie schade
daß ich heim zum Gatten muß!
– Der vermeintlich volle Treffer
war nur ein Lattenschuß!

Du bist in mein Leben geflogen
wie ein Zugvogel
der sich auf dem Weg in die Wärme
mit Absicht
in der Richtung getäuscht hat
und ich
ich werde fest daran glauben
daß es mir gelingt
dich vorm Erfrieren zu bewahren.

Wie in sanften Wintern ...

Wie in sanften Wintern die Schneeflocken fliegen
womöglich verfrüht auf die Gräser wehn
komm ich wie verirrt auf dich zu liegen
will einfach in deinen Armen zergehn ...

Eine vage Phantasie gab mir zu verstehen
daß es mir durch deine Wärme wohler wird –
du fragst, warum ich traurig bin: ganz aus Versehen
hat Harmloses mich wieder mal verwirrt:

Kinder haben Krieg gespielt
ganz routiniert aufs Herz gezielt
und Schwalben sind vorbeigezogen –
als Kreuz formiert sind sie geflogen ...

Ein alter Mann saß schlafend auf der Bank
ein Heft ›Erwachet‹ in der Hand
und düstre Gedanken über die Zeit
verflogen sich in die Traurigkeit.

Alles legt sich ...

Über die Huren der Stadt legt sich die Nacht
wie ein letzter fetter Kunde
der Nebel legt das Neonlicht in Watte
und wartet auf den Mond
über so manchen unvollendeten Streit
legt sich ein müder Friede –
und ich leg mich bald zu dir.

Das Leben legt behutsam Hand an sich
als sei es lebensmüde
und über alles legt ein sanfter Regen
sein fremd-vertrautes Geräusch
Einsame legen vielleicht noch eine Platte auf
von Händel oder Bob Dylan –
und ich leg mich bald zu dir.

Auch diese Nacht legt ihren Weg zurück
schneller als der Tag
manche große Hoffnung legt sich schlafen
und wacht morgen kleiner auf
es legt sich alles, sagt man, alles
legt sich mit der Zeit –
auch ich leg mich jetzt zu dir ...

Du bist sehr zart, geliebtes Mädchen ...

Du bist sehr zart, geliebtes Mädchen
zart wie ein wunderschöner Falter
und glaube mir, in meinem Alter
hat man nicht mehr so leicht Angst
man könnte irgendwas zerbrechen –
man glaubt die Stärken und die Schwächen
ganz gut zu kennen mit der Zeit.

Man sagt – weil ich eben von Falter sprach –
daß man bei schönen Schmetterlingen
beim Anfassen vor allen Dingen
immer darauf achten soll
die Flügel ja nicht zu berühren
es könnte sonst wohl dazu führen
daß ein Farbenstaub verlorengeht.

Sie solln dann nicht mehr fliegen können –
doch wozu immer es auch führt
ich hab das nie so recht kapiert –
ich weiß nur, daß in deinem Fall
das völlig anders funktioniert
denn deine Farben sind imprägniert
todsicher durch dein Wesen!

Dein Herbst

Du bist im Rascheln des Laubs, das meine Füße
   streifen
auf den Wegen der herbstlich leeren Allee
für dich perlt der Tau von den blassen Gräsern
der Wiesen, über die ich ziellos geh . . .

Dir gilt das ferne Lachen der Kinder
deren Drachen weit oben gleiten im Wind
du bist in der Grazie der Schwäne auf dem See
von denen sich das Wasser ein Spiegelbild nimmt . . .

Für dich teilt sich noch einmal der Nebel
die Sonne steht da, so hartnäckig schön
der Wind, der mich leise, fast zärtlich berührt
scheint mich dir entgegenzuwehn . . .

Ich weich nicht aus vor den niedrigen Zweigen
so spür ich das Streichen deiner Hand durch mein
   Haar
meine Gedanken an dich – das macht wohl der
   Herbst –
verfärben sich traurig so sonderbar . . .

Sag, gibt's denn kein schöneres Wort als schön ...?

Ein fernes Neonlicht hat deinen Leib verzaubert
und malt auf dein Gesicht eine Seligkeit
du schläfst, und ich muß dich spüren und sehn:
sag, gibt's denn kein schöneres Wort als schön?

Wenn ich schon ein Neonlicht als Privatmond sehe
dann liegt es gewiß nicht an ihm
ich frage mich, durfte denn der Schlaf
dich einfach mir so entziehn?

Da lieg ich nun neben dir so wach
so unheimlich wach, es tut fast weh
du schläfst, und ich muß dich spüren und sehn:
sag, gibt's denn kein schöneres Wort als schön?

Ich kriege einfach nicht genug von dir
ich möchte dich rufen und laß es doch sein
so bleibst du mir fern, und ich ahne, ich bin
für mein großes Gefühl viel zu klein ...

Wenn du morgen aufwachst und bist allein –
verzeih mir – dann bin ich leise geflohn ...
Ich konnte dich nicht mehr spüren und sehn:
das alles war einfach für mich zu schön ...

Das Hirngespinst

Gestern nachmittag – es war im Herbst gegen vier –
da hab ich dich wiedergefunden
ich war wie so oft auf der Suche nach dir
schon seit mehr als eineinhalb Stunden.

Ich stand am Geländer der Brücke am Fluß
und schaute ins Wasser hinab
ich träumte und dachte an dich, weil ich muß
weil mir einst ein Gedanke dich gab.

Ich weiß nicht, wie's kam, vielleicht war's nur ein Blatt –
vom Wind auf den Wellen befühlt –
vielleicht war's auch nur mein Schatten oder hat
die Sonne mit dem Wasser gespielt ...

Auf einmal sah ich dich deutlich wie nie –
ganz nah und doch viel zu weit –
du hast gelächelt, denn du weißt ja nichts
von deiner Unwirklichkeit.

Gestern nachmittag wurde mir erstmals klar
wie wertvoll du eigentlich bist:
ich habe dich jetzt schon über ein Jahr
was bei mir durchaus nicht gebräuchlich ist.

Du bist stets so, wie ich dich haben will
was gewiß nicht einfach ist –
ich habe dich einst als mein Traumweib erfunden
denn ich bin ein Egoist.

Wenn ich will, daß du fröhlich bist oder hübscher
änderst du willig dein Gesicht
du lauschst meinen Problemen immer geduldig
denn langweilen kannst du dich nicht.

Mit dir werde ich stets zufrieden sein,
denn du bist, wie gesagt, irreal –
nur daß ich dich niemals küssen kann
das finde ich ziemlich fatal!

Warten

Daß ich vielleicht etwas warten müßte, hatte sie mir
　vorher gesagt
sie stellte noch eine Kanne Tee auf den Tisch
ließ vorsorglich den Tabak zum Selberdrehn da
und als sie verschwand, machte die Tür kein
　Geräusch ...

Ich sah schräge Wände und ein Buch über Astrologie
und das Licht schien mich gut zu verstehn
ich sah Risse in der Wand, als ich ihr in Gedanken
　nachging ...

Ich sah Märchen von Hesse, ihren Körper, ihren
　Mund
und die nackte Puppe, an den Spiegel gelehnt
war von Kinderliebe zerbraucht und ohne Blick ...

Meine Phantasie fand ich im zerwühlten Bett
und weil sie zärtlich war, ließ ich sie dort

und hatte für eine Weile dieses Mädchen im Arm,
auf das zu warten ich langsam vergaß ...

7

»Songs amoi
schreim Sie a –
songs amoi
schreim Sie a
amoi Songs?«

(Bayrisch)

Dann freut's mich, daß ich traurig bin ...

Wenn ich dem Tag nicht ins Gesicht schaun mag
und die Nacht wird groß und fett
wenn ich endlos in den Kneipen steh
und fürchte mich vorm Bett
wenn alle Mädchen einsam wirken
und es berührt mich nicht
wenn ich dem Mond sag, daß er verschwinden soll
mit seinem gutgelaunten Gesicht

*dann freut's mich, daß ich traurig bin
und daß das alles so ist –
es wäre traurig, wenn ich mich freuen würde
daß du nicht bei mir bist!*

Wenn ich am offenen Fenster steh
und der Regen lacht mich aus
und ich werfe die Minuten
wie Papierschnitzel hinaus
wenn jeder bewußte Augenblick
wie eine Seifenblase zerplatzt
wenn die Liebe wie ein Hund, der raus will
mir an der Seele kratzt

dann freut's mich ...

Wenn ich durch meine Augen schau
als wären sie vereist
und mein Verstand schwebt über mir
wie ein Drache, dessen Schnur bald reißt
wenn mein einziger Gedanke
immer nur dich umkreist
wie eine Fliege
der man einen Flügel ausreißt

dann freut's mich ...

Ich kenne Leute, die sprechen von Liebe ...

Ich kenne Leute, die sprechen von Liebe
nur wenn sie tapfer sind.
Ich kenne Leute, die sprechen von Liebe
nur wenn sie besoffen sind.
Ich kenne Leute, die sprechen von Liebe
und meinen Ehepflicht.
Ich kenne Leute, die sprechen *nicht* von Liebe
weil man über so was nicht spricht.
Andre wieder scheinen zu meinen
die Liebe ist Mittel zum Zweck
und geht, wenn der Zweck erreicht ist
von alleine wieder weg

und dabei hocken sie stolz wie die Pfaun
auf ihrem eigenen Seelenmist
und wissen alle ja so genau
was Liebe wirklich ist!

Ich kenne Leute, die sprechen von Liebe
und meinen Abhängigkeit.
Ich kenne Leute, die sprechen von Liebe
und meinen Lebenslänglich zu zweit.
Ich kenne Leute, die sprechen von Liebe
und meinen Menschenbesitz.
Ich kenne Leute, die sprechen von Liebe
als sei es ein schlechter Witz.
Wieder andre scheinen zu glauben
die Liebe ist nicht mehr da –
die ist ja schon vergeben
an Farah Dhiba und den Schah

und dabei hocken sie ...

Ich kenne Leute, die sprechen von Liebe
als gäbe es sie überhaupt nicht.
Ich kenne Leute, die sprechen von Liebe
und werden dabei rot im Gesicht.
Ich kenne Leute, die sprechen von Liebe
als sei's das beste Stück vom Rind.
Ich kenne Leute, die sprechen von Liebe
als sei es ein kränkelndes Kind.
Andre wieder sehn in der Liebe
eine Fortpflanzungstätigkeit –
getreu nach den Worten des Papstes
und der weiß ja schließlich Bescheid

und dabei hocken sie . . .

Der eine ist katholisch
der andre ist naiv
der eine ist verbittert
der andre primitiv
der eine ist falsch erzogen
der andre ist verklemmt
der eine ist zynisch
der andre impotent
der eine ist ein Ferkel
der andre ist ein Christ –
die Hauptsache ist nur: sie wissen
was Liebe wirklich ist!

He-man, dubble bubble

Meine Damen, Sie schätzen mich richtig ein:
ich gehör zu den Typen, den tollen
die aus Erfahrung ganz genau wissen
was alle Mädels wollen . . .
Schaun sie mich an:
ein Bild von einem Mann –
mit mir kann man was erleben, meine Damen!

Ich laß meinen Blick durch die Kneipe streifen
wie ein Leuchtturm seinen Strahl
und wenn er Sie trifft, ich schwör es Ihnen
dann haben Sie keine Wahl!

Ich schieb mich durchs Gewühl auf Sie zu
wie ein Cowboy auf den Saloon
und sag dann was Nettes, was ganz Überlegtes –
zum Beispiel: na, du süßes Huhn!

He-man
dubble bubble tutti frutti
Charly Bronson peng
Lolly Popo Tittenspeck
da wird die Hose eng!

Wenn Sie allein in 'ner Kneipe stehn
dann stell ich mich sofort nebendran
bevor sich so ein Typ dahinverirrt
der nur 'n Platz sucht und keinen Zahn

denn wenn Mädels allein in 'ne Kneipe gehn
dann suchen sie doch 'n Stich
und da gibts nun mal keinen, der das besser bringt
besser bringt als ich, meine Damen!

He-man . . .

Und sollten *Sie* mich mal ansprechen
aus irgendeinem Grund
dann denk ich, mein Lieber, die geht aber ran...
ein ganz schön reifes Pfund!

Dann bin ich bereit, der Größte zu sein
und entsichere meinen Colt
und denk, Mädel, du entkommst mir nicht – du hast
   es so gewollt!

He-man...

Ich sag Ihnen: es ist schon ein tolles Gefühl
unwiderstehlich zu sein
und macht tatsächlich mal eine auf kühl
weil sie nicht weiß, was sie eigentlich will
dann werd ich's ihr eben erklären müssen –
woher soll's denn die arme Kleine wissen
was sie will, was sie will, was sie will...

He-man...

Mir ist so, als hätt ich mich danach gesehnt ...

Zwei Tage bist du erst fort von hier
und in zwei Tagen kommst du wieder –
ich sollte es doch eigentlich überstehn
daß wir uns vier Tage lang nicht sehn ...

Und doch ist da irgendein Gefühl
das fühlt sich so eigenartig an:
ich hab den Eindruck, als würde ich dich vermissen –
ich werd mir wohl ein paar Gedanken machen
    müssen!

Mir ist so, als hätt ich mich danach gesehnt
endlich wieder Sehnsucht zu haben
und jetzt, jetzt ist es unvorhergesehn geschehn:
ich habe die Sucht dich zu sehn!

Ich erfinde jetzt einfach dieses Lied für dich
und trink dabei ein letztes kühles Bier
dann geh ich in mein viel zu großes Bett
und hol dich in Gedanken zu mir.

Dann nehme ich dich fest in meinen Arm
und habe eine Phantasie
dann find ich meine Sehnsucht richtig schön
und bin ganz sicher, ich werd es überstehn
daß wir uns vier Tage lang nicht sehn!

Mir ist so als ...

Spaziergang im Novemberwind

Spaziergang im Novemberwind
wenn alles Grau in Grau verschwimmt
wenn Blätter dürre säuseln
die Wellen im Teich sich kräuseln
und bange Ahnung in das Herze dringt.

Vom Dunst gedunsen bricht das Hirn
aus dem Griff der harten Stirn
in Gefilde sich ergießend
wo Rotz und Wasser fließend
den schwarzen Mann von jedem Hügel spült.

Zeugt nicht schon jener morsche Ahornast
von Einsamkeit und von Melancholie?
Weißt du, daß mir wegen dir ein Tränensack barst
als ich deinen Namen schrie –
in hemmungsloser Hysterie?

Wer klebt denn mein zersprungenes Herz?
Verdampft denn jemals dieser heiße Schmerz?
Ich werde mich versenken
– womöglich noch ertränken –
in einem Tümpel von makabrem Scherz.

Meine Augen sind nach all dem Wehgeschrei
wie eine stillgelegte Molkerei.
Ich hab mein Empfinden
gründlich durchsiebt
ich komm nicht drumrum:
ich hab dich geliebt!

Wieder mal ...

Wieder mal fühl ich mich endlos leer
hab das Gefühl, es ist fast zu schwer
mich überhaupt aufrecht zu halten
der Tag hat Sorgenfalten
als ob er traurig wäre –
da beneide ich die Leute, die's verstehen zu beten
und wünsch mir, ich hätt einen Hund zum Treten
doch der kommt mir nicht in die Quere.
In so einem Falle
kocht mir die Galle
von der ich nicht weiß, was sie soll.
In so einer Phase
hab ich die Nase
ungeheuer gestrichen voll.

Wieder mal könnt ich die Wände hochgehn
und oben an der Decke auf dem Kopfe stehn
mir irgendwo den Schädel einrennen
meine einzige Krawatte verbrennen
meine Wohnung überfluten
den Fernseher in den Kühlschrank stecken
mein Bett mit Salamischeiben bedecken
im roten Wein verbluten –
das sind so die Zeiten
da möchte ich reiten
auf schwarzem Roß über offene Weiber
so sehr sie auch flehen
zermalmen, zertreten
ihre blassen gierigen Leiber.

Hoppla – das geht doch wirklich zu weit
mein Lieber, jetzt wird's aber höchste Zeit
du tobst, bloß weil dieses Mädchen
gesagt hat, sie habe dich endgültig satt
dabei hat sie nur mehr Mut gehabt
du wolltest ihr's längst schon sagen
das spricht mein verehrtes zweites Ich
es sagt mir: mein Guter, verdirb es dir nicht
mit deinem kostbaren Leben
laß den Fernseher, wo er immer stand
renn nicht mit dem Kopf gegen die Wand –
du brauchst ihn heut noch zum Reden!

Schone die Krawatte, tret keinen Hund
gieß dir den Rotwein lieber in den Mund
laß den ganzen Unfug bleiben
geh raus und bring dir ein Mädchen mit
das sich freut und nicht sagt: igitt, igitt!
beim Anblick der Salamischeiben
auf deinem Bett.
Das find ich nett
von meinem zweiten Ich –
es wirkt: ich geh erst in mich
dann geh ich raus und bring mir nach Haus
eine ganz besonders süße Maus.

Napoleon

Mein Gott, das hat alles so dufte angefangen, in der
Kneipe ... wie dieses Mädchen einfach da war, mit
ihrer ganzen Art und so ...
Ich weiß noch, wie ich dagestanden bin, ich hab
grade 'n frisches Bier in der Hand gehabt, da kam sie
her und hat mich gefragt: »Haste mal 'n Schluck für
mich?« – Natürlich hatte ich ein', wenn du so als
Mann von 'nem Mädchen angesprochen wirst, haste
doch immer 'n Schluck, oder?! Ich hab sie kurz
angeschaut: jung hat sie ausgesehn, bißchen zerzauste
Haare, hübsches Gesicht, echt hübsch, Jeans natürlich
und so 'ne Art Rockerjacke mit Nieten – Kunstleder
wahrscheinlich –, und hab zu ihr gesagt: »Nimm's
ruhig ganz, das Bier« und hab mir 'n neues bestellt.
Hätt ich vielleicht nicht machen solln, die war
nämlich schon ganz schön beschluckt, hab ich dann
gleich gemerkt – aber sie war dankbar, ist ja auch
schön, so was zu sehn, und hat mich gefragt: »Wer
bist'n du?« – »Ich bin der Tommi«, hab ich gesagt
und sie hat gesagt: »Okay, Tommi, ich bin
Napoleon!« – »Napoleon?!« hab ich gefragt.
»Wieso'n das?« Und sie hat gesagt: »Erstens hab ich
dein Bier erobert und zweitens hab ich gern Hand
aufs Herz, verstehste.«

Menschenskind, sie ist nicht mehr
einfach nicht mehr da
hat ausgelebt, ausgeweint
ausgeliebt, sich ausgefreut
hat ausgelitten, ausgehofft
ausgeatmet, ausgeschrien
ausgefühlt, ausgelacht
hat aufgehört, schlußgemacht
die Kurve nicht gekriegt –
sie nannte sich Napoleon
und hat noch nie gesiegt.

Sie hat damals einen unheimlich großen Schluck
genommen von dem Bier, so als wollte sie sich
besaufen, und hat mir erzählt, daß sie eigentlich
abgehaun ist von zu Hause, aber was heißt schon zu
Hause und abgehaun, wenn sich keiner drum schert,
ob du da bist oder nicht, dann ist das eigentlich kein
Abhaun und Zuhause auch nicht – und achtzehn
Jahre war sie grade alt und irgendwo aus 'm Norden,
und dann hat sie mich einfach gefragt, ob sie bei mir
pennen kann, irgendwo auf 'm Fußboden oder so,
halt 'n Dach über 'm Kopf, und ich hab gedacht,
Mensch, die kannste jetzt doch nicht einfach so stehn
lassen, und hab sie mit heimgenommen – und dann
haben wir uns geliebt ... es ist einfach so
gekommen, ich hab da überhaupt nicht dran gedacht
– ehrlich –, aber dann hat sie mich umarmt und hat
soviel Zärtlichkeit gebraucht – und ich auch, und da
haben wir uns geliebt ...

Menschenskind, sie ist nicht mehr
einfach nicht mehr da
hat ausgelebt, ausgeweint
ausgeliebt, sich ausgefreut
hat ausgelitten, ausgehofft
ausgeatmet, ausgeschrien
ausgefühlt, ausgelacht
hat aufgehört, schlußgemacht
die Kurve nicht gekriegt –
sie nannte sich Napoleon
und hat doch nie gesiegt.

Am nächsten Morgen hab ich ihr ein Frühstück
gemacht, so mit allem Drum und Dran, mit Ei und
Schinken und Tomatensaft, und sie hat mindestens
vier Brötchen gegessen, ich hab sie richtig gern
gehabt, und dann hat sie mich gefragt: »Was hast'n
heut vor?«, und ich hab sofort gesagt, daß ich

unheimlich viel vorhab, Besprechung mit der
Plattenfirma, Studiojob, Verabredung mit 'm Freund
und so . . . das hat alles nicht gestimmt, ich hätt's
zwar alles gern gemacht, aber es hat nicht gestimmt,
und ich weiß nicht, ob sie's bemerkt hat – aber ich
hab's gesagt. Napoleon, Hand aufs Herz! Warum
hab ich's gesagt? Bloß weil ich meine kleine miese
Freiheit verteidigen wollte, die sie mir vielleicht gar
nicht nehmen wollte.
Und sie ist gegangen, war heiter, hat gesagt, sie
kümmert sich um 'n Job, sie weiß schon wo . . . Ich
glaub, sie war tapfer, einfach tapfer – und ich war
frei, ich Idiot, und hab mich nach ihr gesehnt!

Menschenskind, sie ist nicht mehr
einfach nicht mehr da
hat ausgelebt, ausgeweint
ausgeliebt, sich ausgefreut
hat ausgelitten, ausgehofft
ausgeatmet, ausgeschrien
ausgefühlt, ausgelacht
hat aufgehört, schlußgemacht
die Kurve nicht gekriegt –
sie nannte sich Napoleon
und hat doch nie gesiegt.

Mensch, die konnte ja gar nicht heiter sein, wie sie
von mir weggegangen ist, sie hat mir soviel erzählt,
was sie für 'ne Scheiße erlebt hat, zu Hause und in
der Schule und so 'ne Affäre mit 'm verheirateten
Mann, nee – umsonst war die nicht abgehaun, so 'n
Mist, und ich hab sie weggeschickt. – Napoleon,
Hand aufs Herz! Bin ich 'n Schwein? Mensch,
Napoleon, wie ich das in der Zeitung gesehen hab,
ich sag's dir, da hat's mich vielleicht gerissen – nicht
identifizierte Mädchenleiche – angeschwemmt – ca.
18 Jahre – Jeans – Nietenjacke – Einstiche im Arm

– wahrscheinlich Drogen – biste an so 'n Fixer
geraten und hast es nicht gepackt, Mensch,
Napoleon ... und dann das Polizeifoto, ich sag's dir,
mir war's kotzübel – wer kann Angaben zur Person
machen – Hinweise nimmt jede Polizeidienststelle ...
Kann ich doch gar nicht!! –
Angaben zum Menschen vielleicht, aber doch nicht
zur Person! – Was hat denn die Polizei davon, wenn
ich ihr sage, das war Napoleon! – Und ich hab sie
weggeschickt, verstehn Sie ... ich ... ich ...

Menschenskind, sie ist nicht mehr
einfach nicht mehr da
hat ausgelebt, ausgeweint
ausgeliebt, sich ausgefreut
hat ausgelitten,
ausgehofft
ausgeatmet, ausgeschrien
ausgefühlt, ausgelacht
hat aufgehört, schlußgemacht
die Kurve nicht gekriegt –
sie nannte sich Napoleon
und hat doch nie gesiegt.

Der Einzige

Er kommt zum Frühstück ungekämmt
er schmatzt beim Essen ungehemmt
er schnarcht des Nachts ganz unverschämt
er hockt beim Fernsehn wie gelähmt
er ist am Abend immer schlapp
er trocknet das Geschirr nie ab
er hält das Haushaltsgeld zu knapp –
mit einem Wort: der Lack ist ab
von diesem Mann, das heißt
er geht ihr auf den Geist!

Aber er ist ihr

Mauseschnuckelchen, Dickerchen, Schatz
ihr Täubchen, ihr Flocki, ihr süßer Fratz
ihr Knurpsel, ihr Möpschen, ihr Minimatz
ihr Bulli, ihr Bubi, ihr Pumpel, ihr Spatz
  na klar!
Er bohrt im Zahnloch ungeniert
er bleibt am Sonntag unrasiert
er hat ihr oft ein paar geschmiert
er hat sie völlig isoliert
er sagt ihr, daß sie häßlich ist
er hat sie ewig nicht geküßt
er ist ein übler Egoist
er meint, daß er der Größte ist –
mit einem Wort: sie hat
ihn ausgesprochen satt!

Aber er ist ihr

Mauseschnuckelchen, Dickerchen, Schatz . . .

Er meckert ständig an ihr rum
er ist gescheit, und sie ist dumm
er säuft bis zum Delirium
er sagt, er bringt sie bald mal um
er schenkt ihr längst kein Lächeln mehr
er jagt den Weibern hinterher
er hat eine Freundin nebenher
er meint, der liebe Gott sei *er*!

Und sie?

Sie glaubt, daß Ehen nötig sind
sie wartet auf ihr drittes Kind
sie hat Angst, daß sie den Mut verliert
sie hat im Grund längst resigniert
sie hofft, daß er sie nicht verläßt
sie hält an ihm in Treue fest
sie hat 's Alleinsein nie geübt
sie hat im Leben nur ihn geliebt
und hat sie ihn auch noch so satt –
er ist der Einzige, den sie hat!

Deshalb ist er ihr

Mauseschnuckelchen, Dickerchen, Schatz . . .

Du kannst reden

Meine Liebe zu dir ist noch ziemlich intakt
doch auch du gehst mir mal auf die Nerven
Gott sei Dank gehöre ich nicht zu den Frauen
die mit Vasen um sich werfen
ich sag dir lieber, was mich plagt
was mich auf die Palme jagt.
Du lächelst mild und bist entspannt:
»Wer ist der Klügste im ganzen Land?«
Du hörst mich an
holst Luft und dann
fängst du an
mein lieber Mann –

Du kannst reden, reden, reden
wie Cicero, der Römer
du kannst reden, reden, reden
wie ein Professor, nur viel schöner
du kannst lügen, kannst begründen
die schönsten Argumente finden
sagst dann: »Kindchen, sei nicht dumm«
und ich sitz da und bin stumm.

Ich sag immer wieder zu mir selbst:
laß ihn doch in seiner göttlichen Art
wenn du seine Fehler übersiehst, dann bleibt
dir wenigstens sein Geschwätz erspart
doch dann bringst du wieder so 'n Ding
und so sehr ich mich auch zwing
schon seh ich wieder das rote Tuch
und starte den nächsten Versuch ...
Du hörst mich an
holst Luft und dann
fängst du an –
mein lieber Mann –

Du kannst reden, reden, reden ...

Doch dann hör ich wieder von Freunden
du hättest gesagt ich hab recht
und viele Sachen, die ich sage
seien gar nicht so schlecht.
Warum sagst du mir das nicht mal selber
du geliebter, eitler Gockel?
Meinst du, wenn du mir recht gibst
dann wirft's dich gleich vom Sockel?

Du Ärmster, dann mußt du natürlich

reden, reden, reden
wie Cicero, der Römer
mußt reden, reden, reden
wie ein Professor, nur viel schöner
du mußt lügen, mußt begründen
die schönsten Argumente finden
ich sag dir, mein Lieber, sei nicht dumm
probier's mal, sei mal selber stumm

wenn ich

rede, rede, rede
wie Cicero, der Römer
wenn ich rede, rede, rede
wie ein Professor, nur viel schöner
wenn ich lüge, wenn ich begründe
die schönsten Argumente finde
wenn ich rede, rede . . .

Heute nacht

Hören Sie, junger Mann
wir sollten uns eigentlich lieben
Sie sind nicht mehr fünfzehn
und ich bin nicht mehr sieben
wir stehn hier herum und zerreden die Zeit
dabei bräuchten wir beide unsere Zärtlichkeit.

*Heute nacht
heute nacht
was da Schwierigkeiten macht
haben sich andere ausgedacht
heute nacht
heute nacht
ist, was schön ist, auch erlaubt
heute nacht
heute nacht
wird die Sicherung rausgeschraubt.*

Ich lad Sie ein zu mir
denken Sie, was Sie wollen
ich hab sie ziemlich satt
diese einstudierten Rollen
ich will nicht warten, bis Sie sich bequemen
ich will selbst den Angriff übernehmen.

Heute nacht ...

Ich will einfach nicht drauf warten
bis jemand sagt: Damenwahl
ich fühl mich nicht als Dame
begreifen Sie das einmal
halten Sie meinen Standpunkt ruhig für übertrieben
ich habe die Lust und das Recht, Sie zu lieben.

Heute nacht ...

Sowieso genau ...

Vorrede

Es war einmal ein Herr in leitender Position. Der hatte nicht nur einen guten Posten, sondern auch ein schlechtes Weib, denn die las zum Zeitvertreib gescheite Bücher, das Ferkel, außerdem hatte sie Abitur. Sie kochte zwar gut und war auch sonst gut zu benützen, doch hatte sie einen entscheidenden Fehler: Sie widersprach ihm hin und widersprach ihm hin und widersprach ihm einfach.

Und da seine Position so leitend auch wieder nicht war, daß es über ihm nicht noch so manchen gegeben hätte, dem er nicht widersprechen durfte, so duldete er – wie von seinen Untergebenen – auch zu Hause keinen Widerspruch, auch nicht hin und Widerspruch auch nicht!

Da beschloß er, sich unschuldig scheiden zu lassen – schließlich hatte man ihm widersprochen. Und es gelang ihm, denn er hatte das Geld und das Recht damit auf seiner Seite.

Da er jedoch so ganz ohne Objekt in dem ihm verbliebenen Haus nicht leben wollte, besorgte er sich ein neues Weib, allerdings natürlich aus einem geeigneteren Sortiment:

Sie war auch ganz gut zu benützen, wenn er Brunft hatte, und sonst meldete sie sich nicht. Ihre Kochkunst mochte für sie selber genügen – *er* aß in der Kantine oder mit Geschäftsfreunden.

Entscheidend war jedoch, daß sie ihm nicht nur nicht widersprach, auch nicht hin und widersprach, sondern daß sie ihn auch noch bekräftigte in dem, was er sagte, und zwar mit einem Satz, der ihr mit unwiderstehlichem Charme von den Lippen perlte: »Sowieso genau!«

Der Herr des Hauses kommt nach Haus
entspannt sich, zieht die Schuhe aus
er will sofort die Hausfrau sehn
sie muß ihm zur Verfügung stehn
und was meint dazu die Frau:
Sowieso sowieso sowieso sowieso
sowieso genau!

Er setzt sich an den Tisch und läßt sich bedienen
und meckert: was solln denn die Ölsardinen
wozu geb ich dir denn Haushaltsgeld
wenn dir nichts Besseres zu kaufen einfällt!
Und was meint dazu die Frau:
»Sowieso sowieso sowieso sowieso
sowieso genau!«

Kann es denn im Eheleben
irgend etwas Schöneres geben
als eine solche Frau
die immer sagt: sowieso genau!

Er redet von der Arbeit und schimpft auf seinen
    Chef:
»Wenn ich den mal nachts alleine treff
dann laß ich ihn stolpern, er fällt in den Dreck
und ich lauf einfach ganz schnell weg!«
Und was meint dazu die Frau:
»Sowieso sowieso sowieso sowieso
sowieso genau!«

Dann spricht der Herr von Politik
die Sozis habe er schon lange dick:
»Wo sind wir heute im Vergleich
zum guten alten Deutschen Reich!«
Und was meint dazu die Frau:
»Sowieso sowieso sowieso sowieso
sowieso genau!«

Kann es denn im Eheleben . . .

Ein Abend, ein Jahr, ein ganzes Leben
in friedlicher Zweisamkeit
nur keinen Grund zu Ärger geben
als braves treues Weib
ein Leben ohne Widersprüche
zwischen Fernsehn und Ehepflicht
und geht auch das Herz in Brüche –
Hauptsache die Ehe tut es nicht!

Das Frühstück

Der Tee schmeckte bitter an diesem Morgen
und das lag nicht an der Nacht
sie hat auch nur, anstatt zu lachen
ein Lächeln zustande gebracht
als er sie fragte: »Mögen Sie Quark
er kostet keine müde Mark!«

Er war gelöst, sie war es nicht
und das lag nicht an der Nacht
sie hatte weiß Gott schon andere
– sinnlose – Nächte verbracht
mit Männern, die sympathisch waren
und doch nicht mehr als Männer waren.

Aber der, mit dem sie zusammensaß
war auch noch Mensch außer Mann
war zärtlich, witzig, überlegen
traurig, ernsthaft und verlegen
ein Mann, dem man das Mannsein vergibt
kurz gesagt: sie war verliebt!

Sie fragte sich: mußte das sein?
– und sie meinte nicht die Nacht –
da ist ein Mann, der mich verwirrt
wer hätte das gedacht
obwohl es keinen Zweifel gibt
daß er nur die Liebe liebt.

Aber der, mit dem sie zusammensaß ...

Doch dann dachte sie: was soll's
ist es so schlimm, verliebt zu sein
in einen Mann, der es nicht ist
ich glaub, ich kann's ihm verzeihn
wie gut tut oft ein Gewitter –
es klärt und geht vorbei –
der Tee schmeckte nicht mehr bitter
und sie lachte wieder frei!

Wo gehobelt wird, fallen Späne

Irgendwann hatte sie so ein Gefühl
daß die Seele ihr langsam erfriert
was Männer unter Liebe verstehn
das hat sie noch nie kapiert
sie hat ihren inneren Koffer gepackt
und zog in eine andere Welt
wenn schon, denn schon, sagte sie sich
und machte die Liebe für Geld.

Wo gehobelt wird, fallen Späne
und es brennt nun mal kein Schnee
ohne Wind bläht sich kein Segel
ohne Wasser vertrocknet ein See.

Wo gehobelt wird, fallen Späne
wo's nicht regnet, wächst nichts mehr
ein nasses Streichholz gibt kein Feuer
und ohne Pulver schießt kein Gewehr.

Sie wollte nicht mehr wohlerzogen sein
wollte nicht mehr so verlogen sein
sie ließ sich nehmen und nahm dafür
sagte dann: »Mein Herr, da ist die Tür ...«
Die Männer lagen ihr zu Füßen
krochen vor ihr auf den Knien
sie ließ sie alle, alle büßen
hat keinem ihren Kummer verziehn.

Wo gehobelt wird, fallen Späne ...

Man sieht sie immer öfter in der Kneipe
wo sie ihre Gedanken ersäuft
und sie sagt, sie weiß genau, wo die Grenze
zwischen Seele und Körper verläuft
und während sie das Geld auf die Theke knallt
sagt sie laut, daß es jeder hört:
Die Liebe hat wenige glücklich gemacht
doch viele hat sie zerstört!

Ich bin eine ehrliche Hure
und was mir die Liebe gab
das konnte ich immer zählen –
es reicht für die Inschrift am Grab:

Wo gehobelt wird, fallen Späne
und es brennt nun mal kein Schnee
ohne Wind bläht sich kein Segel
ohne Wasser vertrocknet ein See.

Wo gehobelt wird, fallen Späne
wo's nicht regnet, wächst nichts mehr
ein nasses Streichholz gibt kein Feuer
und ohne Pulver schießt kein Gewehr.

Eines jener Lieder ...

Schließ die Augen, leg dich nieder
und schlaf ruhig ein
ich sing eines jener Lieder
die sich selbst bereun
ein Lied, dem man nicht glauben muß
ein Lied, das man nicht verstehen muß
ein Lied, das keinem böse ist
wenn man es vergißt.

Tränen trocknen immer wieder
sobald man sich besinnt
ich sing eines jener Lieder
die vergeblich sind
ein Lied, das nichts mehr ändern kann
ein Lied, das nichts verhindern kann
ein Lied, das nur die Zeit vertreibt
die noch übrigbleibt.

Zu sehn, wie etwas stirbt tut weh
auch wenn es zu erwarten war
auch Blumen, die ich welken seh
tun weh – jedes Jahr ...

Müde Augen, müde Glieder
ein Rest von Zärtlichkeit
ich sing eines jener Lieder
die sich irren in der Zeit
ein Lied von dem, was nicht mehr ist
das dir sagen sollte: ich liebe dich
und doch nur sagen kann: ich hab dich geliebt
weil es meine Liebe nicht mehr gibt.

Zu sehn, wie etwas stirbt tut weh
auch wenn es zu erwarten war
auch Blätter, die ich fallen seh
tun weh – jedes Jahr ...

Frühling, Sommer, Herbst und Winter

Das Leben im Wandel der Jahreszeiten ist das Thema und Leitmotiv dieser vier literarischen Lesebücher, die Texte bedeutender Autoren in einer exemplarischen Auswahl präsentieren.

01/8423

Außerdem erschienen:

Das Sommer-Lesebuch
01/8424

Das Herbst-Lesebuch
01/8425

Das Winter-Lesebuch
01/8426

Wilhelm Heyne Verlag
München

Bedeutende Autoren des 20. Jahrhunderts

»Unsere Phantasie ist eine Gabe, mit der wir aus den Tatsachen die Wirklichkeit entziffern können.« Heinrich Böll

Gabriele Hoffmann
Heinrich Böll
Leben und Werk
12/209

Janet Morgan
Agatha Christie
*Das Leben einer Schriftstellerin –
spannend wie einer ihrer Romane*
12/167

Lutz Tantow
Friedrich Dürrenmatt
Moralist und Komödiant
12/216

Jakob Hessing
Else Lasker-Schüler
Ein Leben zwischen Bohème und Exil
12/156

Dietrich Gronau
Anaïs Nin
Erotik und Poesie
12/235

Ronald Hayman
Sylvia Plath
Liebe, Traum und Tod
12/223

Joy D. Marie Robinson
Antoine de Saint-Exupéry
Schriftsteller, Flieger und Abenteurer
12/229

Jürgen Klein
Virginia Woolf
Genie – Tragik – Emanzipation
12/114

Dieter Gronau
Marguerite Yourcenar
Wanderin im Labyrinth der Welt
12/225

**Wilhelm Heyne Verlag
München**